ÉPITRE

D'UN

CHIEN LETTRÉ.

ÉPITRE

D'UN

CHIEN LETTRÉ

A

MONSIEUR LE PRÉFET DE POLICE

SUR LE PROJET DE LOI DE MONSIEUR DE RÉMILLY

PAR

Abel D.....

> Des Chiens dont le pavé se couvre,
> Distinguez nous à nos colliers.
>
> DE BÉRANGER

> Exempt de blâme
> Il rendit l'âme ,
> En bon chrétien
> Dans les bras de son Chien.
>
> CANTIQUE DE SAINT ROCH.

> Ce serait immoral : la Chambre fera bien
> Dût son vote sembler bizarre,
> D'ordonner qu'à la Force on conduise le Chien
> Et son amante à Saint-Lazare.
>
> ABEL D....., *Épitre d'un Chien lettré.*

PARIS

CHEZ LEDOYEN, GALERIE D'ORLÉANS, PALAIS ROYAL,
ET CHEZ LES MARCHANDS DE NOUVEAUTÉS.
Mars 1847.

Prix : 30 centimes.

Aux maitres des Cérémonies
Plaise ordonner que dès demain,
Entrent sans laisse aux Tuileries
Les Chiens du Faubourg Saint-Germain.

*Requête présentée par les
Chiens de qualité.*

DE BÉRANGER

ILLUSTRE MAGISTRAT, on a vu la Police

Sur tous les Chiens mauvais, mal famés, sans aveu,

Quand l'atmosphère était en feu,

Exercer un pouvoir aux bons toujours propice ;

Leur race se taisait et crut même un instant,

Lorsque tu l'appelas à sauver par son zèle,

Les malheureux qu'à tout moment

La Seine charrie avec elle,

Elle espéra, du moins, qu'en pleine liberté,

La race canine affranchie

Pourrait sans passeport et partout à son gré,

Fouler le sol de la Patrie !

L'histoire vous disait : Leurs frères, tous les jours,
Sur le mont Saint-Bernard prodiguent un secours
Désintéressé, populaire,
Au pauvre voyageur que la neige a surpris ;
Le noble Chien de Montargis
Signalait au bourreau le meurtrier Macaire ;
Celui du bon Saint Roch, si fidèle au malheur,
Mourut stoïquement, sans pousser une plainte,
Et du Martyrologe il a l'insigne honneur
Dans une célèbre complainte.

Erreur fatale, espoir trompé !
Un Roquet sut hier, dans certaine antichambre,
D'un Dogue très bien informé,
Car son maitre est concierge au Palais de la Chambre,
Et nous fit part à tous que vos Législateurs
Epuisant sur nous leurs rigueurs,
Voulaient que chaque Chien, fût-il mâle ou femelle,
Payât sa cote personnelle ;
Que comme de vils tombereaux,

Ou pareils aux forçats du Bagne

Soit à Paris, soit en campagne,

Nous portassions des numéros ;

Que tout Chien rencontré sans maitre

Fut exécuté comme un traitre;

Enfin il ajoutait que le Bey de Tunis

Fit, en Janvier quarante six,

Oter aux malheureux, vivant en esclavage,

Les carcans qu'un infâme usage

Voulait qu'on rivât à leur cous ,

'Et que vos Députés, ordinairement doux

Quand il s'agit d'économie,

Ont chargé le Consul Français, en Barbarie,

D'acheter à la fois tous ces affreux liens,

Et par leurs lois, des hommes graves

Veulent que les colliers qui servaient aux esclaves,

Esclaves rendent tous les Chiens ! !

A Rome nous étions insultés par une Oie

Qu'on portait en triomphe, au milieu de la joie,

Sur un superbe palanquin ,

Tandis qu'à ses côtés, un infortuné Chien,

La suivait à travers la ville,

L'œil morne, triste et pantelant !

Rémilly, de ce vain et cruel volatile,

Se fait le mandataire en nous persécutant.

Triste dérision, choquante anomalie !

Quand la peine de mort disparait de vos lois

On veut armer ton bras, pour priver de la vie

Dès milliers d'êtres à la fois...

Répudie un pouvoir dont le meurtre est la base !

Ecoute un animal fidèle, indépendant,

Qui dit la vérité, sans détour et sans phrase,

Et ne fait pas le Chien couchant ! ...

Je viens donc aboyer contre ces lois si dures

Au nom de mes parents, amis, concitoyens,

Et te dire, Préfet, dont les mains sont si pures,

Qu'un empire absolu sur des milliers de Chiens

Est un bien lourd fardeau ; qu'un pouvoir despotique,

Entre les mains d'un seul, peut devenir inique ,

Appeler la vengeance, et si, sans jugements,

Tes Sbires occisent sur l'heure

Ceux que le tendre amour, bien loin de leur demeure,

Emporte quand vient le printemps,

Ravageot ou César, mais un vengeur sans doute ,

Peut comme un enragé, mordre notre ennemi,

En te rencontrant sur la route,

Quand tu vas à cheval de Paris à Passy !

Lorsque de notre amante on aura fait capture,

Qu'on l'aura mise en Préfecture

Avec Miss et Marton, Zerbinette et Léda,

En attendant que nos pleurs attendrissent

Leurs maitres, et les avertissent

Que l'objet de nos cœurs est là,

Que se passera-t-il ?... Vois-tu ce sexe aimable

Dont la fidélité brille en plus d'une fable,

Au fond d'un noir cachot avec des séducteurs,

Des chiens savants et bâteleurs,

Avec des Jupiters, des Turcs que déshonore

Un instinct plus vil qu'eux encore,

Ce serait immoral : La Chambre fera bien,

Dût son vote sembler bizarre,

D'ordonner qu'à la Force, on conduise le Chien,

Et son amante à Saint Lazare.

Si la Chambre est sourde à ma voix

Que de Mâtins diront : » Ouvrez nous votre grille

« L'amour est plus fort que les lois

« Ouvrez ou nous mordons, ô bons sergents de ville !

La race du Carlin s'est éteinte à propos,

Ses enfants n'auront pas, par ce bonheur étrange,

Au cou le stigmate qui change

De beaux noms en vils numéros.

Le Chien prudent de Jean Nivelle

S'entendant appeler, se sauvait de plus belle

Et ne voulait pas revenir ;

On a cru jusqu'ici que c'était une bête,

    Erreur ! c'était un grand prophête ;

    Il prévoyait notre avenir !

L'insigne Munito à la science s'applique ;

Sa crinière est bien longue, elle couvre ses yeux,

L'homme pour l'imiter, seulement au physique,

    Laisse pousser barbe et cheveux !

Et ce noble animal, et ce canin génie,

    Qui serait de l'Académie

    S'il n'avait deux pattes de trop,

Sera contraint par corps, lui, savant sans reproche,

Si, pour le percepteur, il retourne sa poche

Sans y trouver de quoi payer son numéro.

Notre ami le Roquet a lu dans la Gazette

Qu'en grevant nos museaux d'un impôt personnel,

On nous donnait des droits au vote universel

Et rang de citoyens. Mais alors, qu'on s'apprête

A respecter ces droits ! Pour les faire valoir,

Sur les chiens aboyeurs nous fondons notre espoir.

    Quand l'aveugle présente au riche

Sa sébile, à l'instant on le met au Dépôt,

Tu n'en as pas besoin, dit-il à son caniche,

La loi qui me poursuit t'exempte de l'impôt.

Terre des Chiens heureux, magnifique Turquie !

Nous jetons, en hurlant, nos yeux vers tes bazars ;

Sur des tapis soyeux, notre race endormie,

Des fils de Mahomet reçoit tous les égards ;

Borné dans ses désirs, le musulman épouse

    Vingt femmes s'il peut les nourrir,

Mais il lui faut de l'or, et son humeur jalouse

    Des passions le rend martyr ;

Saint-Simoniens, nos heureux frères,

    Exempts de soucis et de soins,

Ont chacun cent houris, et belles et peu fières,

    Et Dieu pourvoit à leurs besoins.

Si la France pour nous devient l'enfer du Dante,

Nous nous exilerons comme le protestant,

Sujet déshérité de Louis, dit le Grand,

     Qui révoqua l'édit de Nante.

     D'un pays inhospitalier,

Législateurs, voyez où peut conduire un vote,

Qui foulerait les bois pour lever le gibier?

Qui chaufferait les pieds de la vieille dévote?

Qui garderait vos cours, vos maisons, vos jardins

     Qu'envahissent tant de gamins?

Dites! qui hurlerait : « Apprêtez vos cohortes,

Si l'Anglais, comme un chat, vient gratter à vos portes? »

Nous ne serions plus là, malheureux et proscrits,

Nous formerions des vœux pour l'ingrate patrie

Qui nous aurait forcés, nous, ses sujets soumis,

De chercher le bonheur au sein de la Turquie.

Mais avant d'en venir à ce parti fâcheux,

     Nous devons présenter supplique

A ceux qui font des lois pour la chose publique,

     Et dessiller leurs yeux;

On verra que les Chiens ne sont pas sans défense :

« Barbet fut nommé pair pour sauver Rémilly, »

Au Luxembourg déja, nous comptions sur Boissy,

Sur sa caniphile éloquence,

Peut-il laisser les Chiens sans appui, sans secours,

Lui qui parle sur tout, et partout et toujours !